IGOR DÉVORE

Illustrations de Sophie Heilporn
Texte de Nicolas du Bled

Cet ouvrage a bénéficié de l'aide
de la Communauté française de Belgique et de la P.S. Assurances (La Prévoyance Sociale).
Il a été conçu et réalisé par le Mouvement Coopératif Féminin - Promocoop a.s.b.l.

ASSURANCES

Igor Dévore

D/1991/258/64
ISBN 2/8040/0653/0
L 906150

Texte de Nicolas du Bled
Scénario de Nicolas du Bled en collaboration avec Isabelle Montulet
Illustrations de Sophie Heilporn
Mise en page de Viviane Duwaerts
Imprimé par Imbruco
Photogravure par Photoreal

PRÉFACE

IGOR DÉVORE raconte l'histoire d'un petit monstre gourmand ignorant les principes de base d'une alimentation équilibrée.
Tantôt il refuse de manger, tantôt il se goinfre de biscuits et de bonbons, bref, il n'en fait qu'à sa tête.
Son comportement alimentaire quelque peu anarchique ne tarde pas à avoir des conséquences fâcheuses pour sa santé ...
Heureusement pour lui, Alex et Fanny, les deux enfants qui l'ont recueilli en savent assez pour lui apprendre à mieux se nourrir.

Cette histoire est destinée à être racontée aux enfants (à partir de 4-5 ans) pour introduire des animations et réflexions sur l'alimentation.
Chacun des sept épisodes se conclut par une illustration (sur fond ocre) accompagnée d'un conseil alimentaire.
En fin de volume, vous trouverez les illustrations des cinq groupes alimentaires principaux.

Il existe par ailleurs un dossier pédagogique pour enseignants comprenant des informations, des suggestions d'utilisation du livre, ainsi que des activités d'exploitation à réaliser en classe.

Vous pouvez vous procurer ce dossier en prenant contact avec :
l'a.s.b.l. PROMOCOOP
Rue Haute, 28
1000 Bruxelles
Tél. 02/513.44.92

Ce matin-là, très tôt comme à son habitude, Gully part à la recherche de provisions.

Sous un vieux chêne, Gully trouve des glands tombés de l'arbre.
- *Mmmm, voilà qui complètera mon petit déjeuner.*

Gully s'installe confortablement au creux d'une branche d'un arbre touffu et commence à manger une noisette, un gland, un fruit frais...

Entre chaque bouchée, Gully respire profondément.
Il aime ce moment calme, quand la forêt
et ses habitants s'éveillent.
Hou Hou fait le vent au loin dans les branches.
Piiit Piiit font les hirondelles qui jouent à se poursuivre
dans le ciel bleu.

Tout à coup, Gully tend l'oreille : il entend un bruit étrange.
Il écoute attentivement.
- *On dirait le cri d'une bête blessée.*
Le bruit vient d'une clairière toute proche !
Intrigué, Gully s'en approche en sautant de branche en branche.

Le bruit devient de plus en plus fort...
Gully bondit sur les hautes branches d'un marronnier
et prudemment écarte le feuillage.

Là, en contrebas, dans la clairière,
il découvre un drôle de petit animal.

- *Mais il a l'air de pleurer.*
Ohé, crie Gully.

En deux bonds et trois sauts, il est près de lui.

- *Ohé, qui es-tu ?*
Comment t'appelles-tu ?

Le drôle d'animal relève la tête et glisse dans un long sanglot étouffé.

- *IG - IG - IG - IGOR.*

- *Pourquoi tu pleures ?*

Gully écoute le récit de son nouvel ami. Il apprend qu'Igor s'est perdu dans la forêt. Voilà deux jours qu'il tourne en rond sans retrouver son chemin.

Gully réfléchit et dit :
- *Ecoute, voilà ce que nous allons faire.*
Tu ne peux m'accompagner car je pars en voyage, mais je vais te conduire chez des amis, ils sont très gentils, ils sauront s'occuper de toi.

En chemin, Gully raconte à Igor comment il a rencontré Alex et Fanny alors qu'il était blessé dans la forêt.

Une petite maison au toit coloré apparaît bientôt à travers les branches basses.
- *Voilà, c'est ici.*

Gully sonne à la porte. Igor reste derrière lui l'air un peu penaud.

- *Tiens, il n'y a personne ! Cela ne fait rien, la porte de la cuisine est toujours ouverte.*

LE GRIGNOTAGE

Gully installe Igor dans un fauteuil du salon et allume la télévision.

Il saisit sur une table basse un papier, un crayon et écrit avec difficulté :
"Chers Amis,
j'ai rencontré Igor dans la forêt, il ressemble à un petit monstre, je ne sais pas d'où il vient, il m'a dit qu'il s'était perdu.
Je vous le confie, je suis sûr que vous saurez vous occuper de lui et retrouver ses parents.
A bientôt. Gully".

- *Voilà*, dit Gully, *je dois m'en aller. Si tu as faim, tu trouveras dans la cuisine tout ce dont tu as besoin.*

Un dernier au revoir et Gully disparaît dans le jardin.

Igor, resté seul se rend dans la cuisine et explore les placards.
Dans l'un, il trouve des bonbons colorés
et du chocolat aux noisettes.
Dans un autre, il découvre un énorme sac plein de petits biscuits.
Enfin, il se laisse tenter par des chips croustillantes.

Calé entre deux coussins moelleux,
Igor entame le paquet de chips... Cric-crac-croc.
- *Mmm, c'est délicieux !*

Sur l'écran de télévision,
les images défilent à toute allure.
Igor, fasciné, ne parvient plus à détourner son regard.
Sans s'en rendre compte, il avale la dernière
poignée de chips et ouvre la boîte de bonbons.
- *Mmmm. Succulent. Un petit rouge
et un petit jaune, un petit vert
et un petit rose, et puis Hop, tous ensemble,
c'est encore meilleur.*

Une musique entraînante annonce
une nouvelle série de dessins animés.

Igor entend son estomac qui fait de drôles de bruits
alors qu'il croque
le dernier petit jaune au citron.

Scratch ! Igor ouvre le paquet de biscuits d'un coup de patte.
Igor n'a plus vraiment faim.
Il se sent même un peu lourd et ses dents lui font mal,
mais les biscuits fondent sans effort dans sa bouche.

Après les dessins animés, c'est une émission sur les animaux qui passionne Igor. Tigres, éléphants et hippopotames apparaissent tour à tour tandis qu'Igor atteint le fond du paquet de biscuits.

Tout à coup, Igor entend des cris et des rires d'enfants. Effrayé, il file se cacher sous un fauteuil.

Mais il a tellement grignoté qu'il est devenu énorme. Ses dents le font souffrir et tombent une à une. Le voilà à moitié coincé sous le fauteuil. Il se met à pleurer de mal et d'effroi !

Pour aider Igor à équilibrer son alimentation,
Alex et Fanny décident de réaliser un album ...

Regarde, Igor.
Cinq repas suffisent pour passer une bonne journée.
Il n'est pas souhaitable de grignoter entre les repas mais,
si tu as vraiment faim, mange plutôt un fruit,
un morceau de fromage ou un yaourt ...

LE LAIT

- *Oh, mais c'est un animal qui fait tout ce bruit*, crie Fanny.
Il est tout gros et il a perdu ses dents.

- *Pas étonnant*, dit Alex en montrant à Fanny
la boîte de bonbons vide.
N'aie pas peur, on va te tirer de là.

Alex et Fanny soulèvent le gros fauteuil et Igor peut se dégager.
Alex trouve le mot laissé par Gully.

- *Viens, nous allons te soigner. D'abord, tu vas boire beaucoup de lait et puis, au lit ! Car le lait...*

- *...Le lait, c'est blanc, c'est frais*, ajoute Fanny.
C'est gai comme la crème glacée.
C'est sage comme le fromage.
C'est beau comme un chocolat chaud.

- *Oui*, dit Alex, *et puis c'est bon pour les dents.*

Quelques verres de lait plus tard, Igor, un peu rassuré, se laisse conduire dans une chambre bleue. Les enfants le mettent au lit sous une grosse couette qui sent bon.

Regarde, Igor.
Tous ces aliments contiennent du lait.
Le lait, c'est bon pour les os, les dents et pour grandir.
Choisis-en au moins un chaque jour.

LE PETIT DÉJEUNER

- *Igor ! Igor ! Le petit déjeuner est prêt.*

Alex et Fanny passent la tête dans la chambre de leur ami.

- *Zhh-Zhh*, répond Igor, profondément endormi.

Alex s'approche et secoue légèrement son lit.
Au bout d'un moment, Igor ouvre un oeil en bâillant.

Soudain, Fanny s'écrie :
- *Oh, Igor, tu as de nouvelles dents !*
- *Hé oui*, précise Alex, *elles ont poussé pendant la nuit grâce au lait que tu as bu.*
- *Venez maintenant, nous allons manger.*

Fanny, toute contente, prend la tête du cortège en chantant :

- *Un verre de lait blanc, c'est bon pour les dents…*

Igor, mal réveillé, arrive bon dernier.

Dans la salle à manger, tout le monde se retrouve autour d'une jolie table. La maman d'Alex prépare pour chacun un grand bol de céréales au lait frais.

Peu après, Alex propose de presser des oranges. Tout le monde dit "oui" avec enthousiasme, sauf Igor qui bâille de plus en plus.

Fanny, pour l'éveiller improvise une autre chanson sur l'air de "Meunier, tu dors".
- *Un jus de fruit pressé, en pleine forme pour toute la journée,*
une orange pressée, c'est le plein de vitamines pour jouer.

- *Pour jouer*, demande son papa. *Vous n'allez pas à l'école ?*
- *C'est congé*, répond Fanny. *Aujourd'hui, nous allons à la plaine de jeux.*

- *Bien, bien. De mon côté, je vais déclarer que nous avons recueilli Igor.*
- *On peut aussi passer une annonce dans le journal*, propose la maman.

Alex réfléchit un instant et dit :
- *Tu crois vraiment que les parents d'Igor lisent le journal ?*

Sa maman n'a pas le temps de répondre.
On entend un grand "splatch". Igor s'est endormi et il est tombé la tête la première dans son bol de céréales.
Au contact du lait frais, il se réveille brusquement et se secoue, projetant dans toutes les directions, mille gouttelettes blanches.

Les enfants éclatent de rire tout en se protégeant.
- *Ah Igor, quel clown !*

Alex aide sa maman à éponger les flaques de lait.

Un peu plus tard, les enfants s'apprêtent à partir.

- *Soyez de retour pour le repas*, dit leur maman, *et n'oubliez pas vos collations*.

Le petit déjeuner
est un repas très important.
Tu n'as plus mangé depuis hier soir.
Pour être en forme, je te conseille de prendre
un produit laitier, des céréales ou une tartine, un fruit, une boisson, ...
Le petit déjeuner, certains l'aiment sucré, d'autres salé,
l'important, c'est de ne pas l'oublier !

LA COLLATION

Le chemin est long pour aller à la plaine de jeux.
La petite troupe se met en route d'un bon pas.

Fanny ouvre la marche.
De temps en temps, elle ramasse une feuille d'arbre pour son herbier.
Alex joue au ballon à ses côtés. Igor trottine loin derrière eux.

- *Et si on se cachait pour faire une surprise à Igor ?*
dit Fanny.
- *D'accord !*

Les deux enfants se cachent en riant derrière une haie.
Au bout d'un moment qui leur semble très long,
toujours pas d'Igor.
- *Qu'est-ce qu'il fait ?* chuchote Fanny
avec impatience.
- *Allons voir.*
- *Oh*, crie Fanny, *il est tout là-bas !*

Alex et sa soeur s'approchent, ils voient Igor roulé en boule sur le chemin.

- *Il s'est endormi ! Comme il doit être fatigué !*
- *Pas étonnant*, dit Alex, *il n'a rien mangé ce matin, il manque d'énergie.*
- *Il va falloir le porter*, dit Fanny.
- *Non, on va le réveiller en douceur...*
- *Avec une chanson*, dit Fanny en tapant des mains.

Petit à petit, Igor s'éveille et s'étire.
- *Je me suis senti si fatigué*, dit Igor. *Je n'arrivais pas à vous suivre.*
Fanny lui tend une tartine.
- *Tiens*, dit-elle.
Igor mange le pain gris avec plaisir.
- *Mmm, c'est délicieux. C'est comme dans mon rêve.*
J'ai rêvé que j'étais devant une table immense couverte de bonnes choses :
des fruits, du miel, des céréales, du yaourt...
Je mangeais avec appétit. Je devenais de plus en plus grand, de plus en plus fort.
Plus je mangeais, plus je grandissais.
Tout me semblait savoureux.

- *Mais cela ressemble au petit déjeuner de ce matin*, dit Fanny.
- *Tiens, prends cette poire. Après ta collation, tu te sentiras mieux.*
- Collation, dit Igor, *qu'est-ce que c'est ?*
- *A la récréation, on a toujours faim, alors on prend une collation : une tartine, un fruit ou des céréales. Comme cela, on n'a plus faim jusqu'au repas de midi.*

Après la collation, la petite bande poursuit son chemin.
Igor, en pleine forme, poursuit les papillons.

A la plaine de jeux, tous les enfants
se pressent autour d'Igor.

Fanny, très contente du succès de son ami,
répond à toutes les questions.
Ensuite, elle apprend à Igor
comment descendre du toboggan
et comment faire de la balançoire.

La matinée se termine par une grande partie de cache-cache. Soudain, retentissent au loin les douze coups de midi.
- *Igor, Fanny, venez ! On rentre.*

Igor, perché au sommet du grand toboggan refuse de descendre. Fanny lui crie que s'il n'a pas faim maintenant, il aura faim plus tard et que, de toute façon, ce n'est pas bon de sauter un repas.
- *Il vaut mieux sauter à la corde que sauter un repas*, affirme-t-elle.

Igor ne comprend pas bien mais il entend son estomac qui gargouille, et se décide enfin à les suivre.

Souvent,
au milieu de la matinée,
on a un petit creux.
Un bon potage, un fruit savoureux,
une petite tartine feront l'affaire jusqu'au déjeuner.

LE REPAS DE MIDI

- *Hourra*, crie Alex en sortant de la cuisine,
du hachis parmentier !
Viande hachée, légumes et purée de pommes de terre.
- *Tu verras comme c'est bon*, dit-il à Igor intrigué.
C'est mon plat préféré.

LE GOÛTER

Le déjeuner terminé,
Igor et les enfants font une sieste au jardin.
L'air est doux et parfumé,
de petits nuages blancs traversent le ciel,
incitant à la rêverie.

Peu après, les enfants entament,
à la demande d'Igor,
une partie de chat perché
et une partie de saute-mouton.

De chat perché en saute-mouton,
l'après-midi passe rapidement.

A 4 heures, Fanny invite Alex et Igor à un goûter sur l'herbe.
Elle propose de préparer une tisane aux plantes. Igor apprécie beaucoup les biscuits et le yaourt aux pommes rapées mais la tisane servie dans la dînette de Fanny lui laisse un goût de trop peu.

Une tranche de jambon, des tomates,
un concombre ou de la salade,
des pommes de terre, une petite tranche
de fromage, un verre d'eau.
Voilà un exemple de repas
de midi équilibré.
Chacun de ces aliments peut être
préparé de mille et une façons.
Les carottes, par exemple,
peuvent être râpées, préparées en purée,
à la vapeur,
en bâtonnets, au thym,
au citron, ...
Tu as d'autres idées, Igor ?

Regarde, Igor.
Pour moi, le goûter c'est sacré !
J'adore manger une tartine
à la confiture en même temps
qu'un petit morceau de fromage
ou un milkshake à la banane.
Et toi, Igor ?

LE REPAS DU SOIR

Le soir venu, Alex et Fanny aident leur maman à préparer le repas.
Igor s'entraîne à jouer aux puces dans la salle de jeux.

Peu après, tout le monde s'installe à table.
- *Igor, le repas est prêt.*
Igor répond qu'il n'a pas faim.
La maman d'Alex insiste mais rien n'y fait.

Igor reste seul dans la salle de jeux.
Dehors, le soleil se couche et la lumière baisse rapidement.
Igor se sent un peu seul.

De la salle à manger, Igor perçoit une musique douce
qui lui donne envie d'écouter.
Il entend les enfants qui rient avec leurs parents
des "exploits" de la journée.

Il fait de plus en plus sombre à présent
et les puces se confondent avec les motifs du tapis.

Igor a le coeur gros.
Il abandonne son jeu sans regret et passe la tête dans la salle à manger.

- *Coucou Igor, viens vite, il reste du potage aux carottes*, dit Fanny.
Igor s'assied et entame son repas.
En face de lui, un gros bouquet de fleurs des champs
illumine la table; il se sent bien parmi ses amis.

Tout le monde se retrouve autour de la table pour le repas du soir.
On se raconte nos "aventures". Souvent, c'est gai.
En général, on prend un repas léger
qui complète notre alimentation de la journée.
Par exemple, Igor, si à midi tu n'as pas mangé de légumes,
tu en manges à ce moment-là.

ÉPILOGUE

Le lendemain matin, toute la famille se retrouve
pour le petit déjeuner.
Igor, assis en bout de table, déguste avec plaisir un yaourt au miel.

Tout à coup, un coup de sonnette retentit.
- *Je parie que c'est le laitier*, dit Fanny.
Il se trompe toujours dans la commande.

Le papa d'Alex va ouvrir. Il discute avec un monsieur qui parle fort,
avec un accent italien. Et, en même temps, on entend des cris d'animaux.
Soudain, Igor sursaute et tend l'oreille vers cette voix qu'il semble reconnaître.
Brusquement, il dégringole de sa chaise et fonce vers la porte d'entrée...
Alex et Fanny, intrigués, abandonnent leur oeuf à la coque et le suivent en courant...

- *Les enfants, les parents d'Igor viennent le chercher*, dit leur papa.
- *Vous êtes... heu... le papa d'Igor ?* demande Alex au monsieur italien.
- *Non, je suis Monsieur Bodino, du cirque Bodino & Compagnie.*
Igor fait partie de ma troupe. Ses parents sont là... dans le jardin.

Les enfants n'en croient pas leurs yeux.
- *Oh, tu as vu, des grands monstres...*

- *Et des otaries*, crie Alex,...
et un éléphant !

- *Vous savez*, dit Monsieur Bodino, *cela fait trois jours que nous cherchons Igor partout; j'ai lu dans le journal qu'il était chez vous.*

Igor tout heureux fait des bonds de joie.
- *Venez ce soir à la représentation, les enfants. Voici des cartes pour toute la famille.*

Igor, dans les bras de sa maman, joue déjà au ballon avec Gilberte l'otarie.
- *Merci les amis. Vous m'avez appris le plaisir d'une bonne alimentation.*

Plus tard, après les dernières embrassades et le dernier au revoir, la petite troupe s'éclipse derrière les premiers arbres de la forêt.

Alex, Fanny et leurs parents rentrent pour achever le petit déjeuner. Une nouvelle journée commence.

LES FAMILLES ET LES GROUPES D'ALIMENTS

Pour grandir, se développer, fonctionner, être en bonne santé, notre corps a besoin d'oxygène et d'eau. Il a aussi besoin d'éléments nutritifs (appelés nutriments) que l'on trouve dans les aliments et qui peuvent être classés en trois grandes familles.

La Famille A

Les aliments qui contiennent des matériaux de construction.
Ces aliments jouent un rôle très important dans la croissance, l'entretien et le renouvellement des cellules.
On peut les comparer aux briques d'une maison.
Dans cette famille, on distingue :
- le groupe 1 : les viandes, poissons et oeufs;
- le groupe 2 : le lait et les produits laitiers.

La Famille B

Les aliments qui apportent l'énergie nécessaire pour faire toutes sortes de choses : respirer, digérer, lutter contre le froid, assurer la circulation du sang, se dépenser (bouger, rire, réfléchir ...).
Dans cette famille, on distingue :
- le groupe 3 : les matières grasses;
- le groupe 4 : les pommes de terre, céréales et dérivés.

La Famille C

Les aliments qui contiennent des matériaux de protection. On peut les comparer au toit de la maison.
Ces aliments jouent un rôle important dans la défense contre les maladies.
Dans cette famille, on trouve :
- le groupe 5 : les fruits et les légumes.

Une alimentation équilibrée repose sur quelques principes simples.

1. Consommer chaque jour au moins un aliment de chaque groupe.
2. Aux repas principaux (matin, midi, soir), consommer au moins un aliment de chaque famille.
   Exemple pour le petit déjeuner :

	un müesli	au lait et	un fruit
Famille	B	A	C

3. Varier selon son alimentation au cours de la semaine.
   Exemple pour le groupe 1 :
   lundi du poisson, mardi du poulet,
   mercredi des oeufs, ...

4. Répartir au cours de la journée les consommations d'aliments au minimum en 3 repas (matin, midi et soir).
   Il est conseillé d'ajouter deux collations : à 10 heures et au goûter.
   Eviter de manger entre ces moments.
   Eviter de sauter un repas.

5. Boire régulièrement et suffisamment; l'eau est la boisson idéale.

6. Eviter le plus possible les aliments très gras (chips, cacahuètes, frites) ou très sucrés (bonbons, confiserie, gâteaux) de même que les boissons très sucrées (colas, tonics, limonades, sirop de fruits).

GROUPE I
Les viandes, poissons et oeufs

Ce groupe comprend aussi les volailles,
les gibiers, les crustacés, les mollusques.
Tous ces aliments sont riches
en protéines et en fer.

VIANDES, POISSONS, OEUFS

GROUPE II
Les produits laitiers

Comprennent le lait, le yaourt, le lait battu,
les différents types de fromages, le kéfir.
Tous ces aliments sont riches
en protéines et en calcium.

PRODUITS LAITIERS

GROUPE III
Les matières grasses

Les huiles, le beurre, la margarine,
la crème fraîche.

MATIÈRES GRASSES

GROUPE IV
Les pommes de terre, les céréales et leurs dérivés

Le blé, le froment, l'avoine, le seigle,
le maïs, l'orge, l'épautre, le sorgho,
le millet, le riz, les pâtes et les dérivés,
la farine, les pains et biscottes,
les produits de type müesli,
corn flakes, rice krispies.
Tous ces aliments sont riches
en sucres complexes.

POMMES DE TERRE, CÉRÉALES ET DÉRIVÉS

GROUPE V
Les fruits et légumes

Les oranges, bananes, ananas, pommes,
kiwis, fraises, cerises, prunes, groseilles, abricots,
poires, figues, pamplemousses, citrons, etc ...
Les tomates, le céleri, le chou-fleur,
les carottes, les courgettes, les haricots,
la salade, les épinards,
les petits pois, les brocolis, etc ...
Tous ces aliments sont riches
en vitamines, sels minéraux,
en fibres et en eau.

FRUITS ET LÉGUMES